Palavras são mudas

Fátima Farias

Poche
Libretos

Porto Alegre, 2025

Agradeço a gentileza do amigo poeta!

Ouvi o poema *Palavras mudas* na voz de seu autor, Silvio Amaral, em 2018, no Slam Peleia. Apaixonei. Sem exageros, planejei o título desta obra de agora. As palavras brotaram, eis as mudas com identidade.

Fátima Farias

Há tanta importância na fala
e há tanta falácia na escuta
Há de haver um fim para as balas
Palavras são mudas

Silvio Amaral, *Palavras mudas*

Fátima na terceira pessoa

A autora se perde pelo simples prazer de se encontrar em versos de poesia.

Confessa nos textos o quanto se deixa por palavras ser guiada. Recebe ordens de vozes ancestrais em momentos inusitados, enquanto prepara o almoço ou mesmo quando está dormindo.

Inúmeras são as vezes em que desperta ansiosa buscando caneta e papel que facilitem registrar o que lhe foi plantado durante a madrugada.

Palavras são mudas.

Costuma dizer que a mente acumula orgasmos poéticos, em alto grau de inspiração, enquanto dorme.

Respeita as letras e delas se alimenta.

Oferece, respeitosamente, refeições preparadas com delicado capricho em poesia e prosa, aguardando, silenciosamente, o olhar de satisfação do leitor, que na maioria das vezes aprecia a receita.

Responde a quem lhe perguntar:

"Aprecio poesia, me permite ser livre, chego ao céu sem que precise ser santa, me permite ser hoje bruxa, amanhã fada, no próximo minuto criança, no outro anciã.

Arrisco em voo direto ao céu sem asas.

Visito as profundezas com a mesma ferramenta, poesia, pensamento livre.

Posso ler lábios e olhares, prever o futuro. Resolver cálculos, revelar segredos, esquecer medos. Espalhar sorrisos e fortalecer laços.

Poesia me permite despertar a raiva contra as injustiças. Culpar o verdadeiro culpado.

Inocentar quem roubou para matar a fome que há pouco corroía o ventre do filho.

Poesia, por ser justa, sustenta e socorre.

Morro e ressuscito milhões de vezes em poesia.

Resgato em versos a intelectualidade roubada, a humanidade não citada em livros de história.

Registrar poesia significa a cura contra qualquer dor, escancarando portas para uma viagem sem volta."

Índice de poemas

Palavras são mudas [I]

Caem distraídas no prato palavras diversas
misturam-se ao molho
se perdem entre tomates, alhos
sal, repolho, azeite e alface.

O feijão sorri apetitoso
preto e lustroso, no charme natural da vida.

Rebentos brotam na ponta da língua apimentada
enquanto um til goteja feito chuva tímida
encaixando feito luva, negando afirmação.
Traços, vírgulas, pontos e reticências
são engolidos com o caldo na canja.

Palavras, palavras precisas, sucintas
provocadoras, sinceras
fiéis afagos, cortantes lâminas inflamando de forma
natural
a ponta dos dedos disponíveis da poeta.

Palavras são mudas [II]

Encontro-me seduzida
ao ler um apetitoso poema
Sensações diversas me chegam a cada sílaba
Rimas dançam em minha pele
Analiso poeticamente o próximo par
até alcançar o tão desejado epílogo.

Dente de leite

Sorri a menina
com o dente de leite na mão
Na boca, um leve sinal de sangue
Se aproxima da mãe com imensa alegria
– Segure, vou fazer um pedido
Você é minha fada rainha e madrinha!

Oceano

Depósito de corpos, ossos e almas
Mar profundo e bravio.
Cruel, qual chicote de capataz.
Oceano.
Esconde lá bem lá no fundo
Pedaço de mundos!

Rasgo

Escreveu incansavelmente
Não sentiu findar a tinta
Letras se encontravam no imaginário
Versos entrelaçados
Finda a folha
Escreve na própria alma.

Pés na cozinha

Tenho os dois pés na cozinha e mãos nas panelas
minha pele é cor de terra, meu cabelo carapinha
o tempero é ancestral, sou sem vaidades ou ladainhas
quando neste lugar sagrado chamado cozinha.

Reservo delícias em segredos aromáticos herdados.
Converso sozinha ouvindo o frigir de ovos
derramo lágrimas na tábua de carne
culpo a cebola.

Aqui sou rainha
minha cozinha atende carências que pulsam
pulando qual pipoca pós-milho
aqui me abasteço de aromas por merecimento.
Faço o que gosto.

Não há gritos do chefe ou ordens da sinhá
quando estou cozinhando me liberto
o mundo lá fora é outro lugar.
Meus pés na cozinha sambam
acompanhando a faca que corta couve
as borbulhas no caldo de feijão.
Pimenta nos olhos dos outros é doce.

>

Sal grosso e vassoura atrás da porta vovó me ensinou.
Sinto no charque o gosto de sangue
ouço os gritos
pedras de sal, lombo marcado ardendo no sol.

Nossa, esta cozinha tem história
por isso cuido, por isso conto
por isso me orgulha a história
não obedeço a sinhôs ou sinhás, não mais.

É nossa vez de erguer a colher de pau e levantar a voz!

Batidas de porta

O que me diz teu silêncio
suspiros, sussurros, arrepios
cortes, sons, tremores.

O que te diz meu silêncio
horrores, rumores, assobios.

O que diz teu olhar
chegadas, partidas, passos
e compassos.

Teu silêncio me diz
o que eu nunca quis ouvir!

Joio e trigo

Somos folhas soltas ao vento
a serviço de qualquer tempo
temporal.

Somos costuras
em roupas desgastadas por pedras de arroio
Somos o trigo
o joio
as que sobraram
que não sucumbiram.

Somos e seguimos
vendo o que passou a ser relembrado
e o que está para ser esquecido.

Lua nua

A lua, com maestria, tira a roupa, se faz nua.
Se livra do branco véu.
O olhar de quem registra a cena
viaja na beleza da imagem que vem a lua formar.
A lua não é minha ou tua,
não é de ninguém.
Donos são os olhos que vão e vêm.

Da terra

Sou do chão, do coração.

Pássaro solto, livre canção.
Criação do poema que não pousa
mas ousa.

Não me prenda, sou renda frágil
impossível de dominar.

Paz

Paz pra quê?
na falta de paz é que a luta rompe a alma
chega de calma
ócio abusivo, destrutivo
quero invadir os palácios da hipocrisia
derrubar muros, enfrentar medos
revelar os segredos sórdidos da burguesia

Paz não traz calma e sim nos adormece
paz é o quê?
paz pra quê?
alma inquieta esta

Quero cravar nesse chão
uma conduta de luta.

POR NÃO SER OBRIGADA,
TE SIGO!
AMOR É LIBERDADE,
NÃO CASTIGO.

Palavras ao vento

Acordei jogando palavras ao vento
quem sabe encaixam em teus versos
em uma curva do tempo entre um suspiro e outro
no vai e vem do momento
Caio em contradição
confessando meu tormento
A palavra não se prende
como freira no convento
Liberdade a conduz
formando um casamento
Não lembro nem o seu nome
se tem ou não acento
porém teus olhos escuros
me despiram em um contratempo
Faço da folha em branco
para as letras um aposento
Saio da rima às vezes, o verso continua atento
Voa poesia nas nuvens, magia do pensamento
Quem sabe uma brisa distraída
encaixe o meu ao teu tempo.

Nasce a palavra
Elegante e calma
Encaixa perfeitamente
Na emoção do momento
Não sou sua dona
Porém dela me alimento.

Nasce o poema
Parto a palavra em versos
Divido matematicamente cada suspiro
Giro em ciclone a mil por hora
É hora de nascer em poesia.

Movimento

Neurônios pensantes chamam pela manhã
enquanto brotam ideias
coa o café.

Meu movimento são ondas do mar
o balanço das folhas, o germinar das sementes
a lagarta que agora é borboleta, podendo voar.

Sou meu próprio movimento
que não descansa por não cansar
Busca constante por mudanças
vem e vai sem sair da essência
Olhar para trás sem esquecer de onde vim
Como parei aqui
em quais circunstâncias?

Às vezes perdemos as falas
em tantos movimentos desencontrados
há os que usam uma linguagem
educada até demais

Sou do movimento Terra
negra igual Clementina
Cartola, Jovelina

>

Meu movimento é o grito não ouvido
dos afastados jogados às margens
Esse é meu movimento.

Haja estrutura
Haja terra
Haja chão
Fácil não é não
se fosse fácil não seria movimento
sim comodidade nos sofás confortáveis
do privilégio.

Meu movimento tá a milhão!

Brinde

Um brinde à vida que insiste em viver
ao coração que teima em bater
à carne viva que ainda arde.

Um brinde à poesia que nos socorre
antes cedo do que tarde.

(tempos de covid-19)

Pelas calçadas

Calçadas encantadas pela beleza do céu
criam poças d'água imitando a cor cinza.

Acontece em dias de chuva
nas ruas
nuas de afeto.

Mesmo a palavra

Mesmo a palavra
tão dona de si
revolucionária
inquieta

se acovarda vendo tanta alienação
deixa muda a poeta
com o lápis e o papel na mão.

Na praça

A criança que em mim habita
foi para a praça
no balanço vai e vem
sorri com graça
enquanto eu
envelhecida no porta-retratos
nada seria sem a ilusão de antes.

Meu corpo é um Quilombo

Meu corpo é um Quilombo
Traz no formato a Serra da Barriga
no couro cabeludo, raiz de baobá.

Meu corpo é um Quilombo
terra preta, pele preta tão chamada de couro
retumbando sonhos pelos poros
Sorriso largo
mostrando resistência
em atos de coragem.

Meu corpo é um Quilombo
que abriga linguagem, idiomas, etnias e danças
destranca portas
desamarra nós
desentrava cadeados, derruba muros
com palavras que são murros na força da verdade.

Sou um Quilombo Corpo Negro
em busca da tão sonhada liberdade!

A bala abala

Nada mais abala
corpos somem
em sacos plásticos
vala comum

Calando a voz do povo
Um a um.

(tempos de covid-19)

Toc, toc

Toc, toc, batidas na porta
a atendente já está morta
por dentro nada mais respira
apenas a visitante
que sai carregando mais uma alma.

(tempos de covid-19)

Curvas do tempo

Nas curvas do tempo moram
segredos, medos e também soluções.
Afagos não dados, carícias guardadas
desassossegado coração.

Mãos ao vento, pés no chão
terra fria, identidade vazia.

Árvore da vida

Quero ser a sua companhia
Te dar carinho, amor e alegria
Compor contigo notas musicais
Quem sabe ser a cura de seus "ais"

Infinita paixão
Coisa do destino
Que me transformou outra vez em menina
Mistura perfeita
Meu sonho de paz
Um amor assim nunca se desfaz

No galho mais alto
Construí nosso ninho
Árvore da vida
Não ficarei mais sozinha.

(Letra de música)

Abraços e laços

Quando teus braços
me catam feito laços
faço teus meus pensamentos
nossas peles pretas se enroscam
feito luvas
perfeita uva.
Te possuo
me possuis
Nós dois, mistura fina
adrenalina
Nossas vozes são murmúrios
surdos e mudos
ninguém sabe
ninguém viu
tudo é raro prazer!

Pensamento

O silêncio é inteligente.
Em sussurros, ordena:
– Observe.
Observo, enquanto escrevo pensamentos.

Parcelamento

Quando o amor vem em parcelas
traz doses de coragem
é delicado
Adoça o amargo da boca
sem nos tocar
O amor chega assim
somando
Não havia espaço vazio antes
teu lugar estava reservado
O amor soma sem pesar medidas
sem medir pesares
Está lá
estando aqui
Existe por ser amor e não se define
Explicar sentimento?
Quem, quando e como?

Tristeza

Não se deve deixar a palavra abandonada
sem registro
sem nome de batismo
sem título
sem nada que a identifique
sem característica ou gênero
sem cabelos ou pelos
sem cor de pele
sem etnia

A palavra precisa de identificação
ou se tornará vazia
oca em sua construção
E a mão que a escreveu
a folha que a acolheu
não tem endereço adereço
não tem preço. Tem valor?

Está lá a palavra fria
tentando ser lida
compreendida
acolhida ouvida entendida

Faz seu papel de palavra ao mundo
salva em SOS
corações aflitos

Tenho pressa

Ando depressa
já fui devagar
vagar, vagar, vagar.
Já vaguei
tantos pontos encontrei.
Tantas vagas não preenchi
golpes dei e recebi.
Hoje tenho pressa
pensamentos vagam por aí.
Os pés desobedecem a mente
há vaga nas filas, nos silêncios
nas frestas do tempo,
vagas nos últimos suspiros.
Cemitérios escasseiam
humanidade sem ar
tenho pressa
cansei de vagar.

(tempos de covid-19)

Passo a passo

Foi perdendo a humanidade
passo a passo, se tornando mais uma
seguindo regras
obedecendo ordens
achava estar tudo
bem.

Precisava ser alguém
igual aos outros
a humanidade foi deixando para trás
estudava seus algozes
defendia-se das armadilhas
com destreza e perfeição
salva de qualquer ofensa ou humanização.

A cada passo
novo aprendizado
seu invólucro
se torna intocável
sentimento. O que é isso?

>

A cada passo mais forte se sentia
protegida em sua falsa sabedoria
até que se viu sozinha
chamou companhia
queria falar o que sentia.

Em vão
até que sumiu
enferrujou
qual máquina criada
pela desumanização.

Cafonice

Alguém
em pleno 2021
ser racista
machista
homofóbico.
Que cafonice!
Dois mil e vinte um
ainda alguém achar que racismo é mimimi.
Te orienta
acorda
sai da bolha.
Vai ficar para trás?
Abre um livro de história
puxa pela memória.
Lembra daquela professora
que disse ser o Negro uma raça inferior?
Eu ouvi isso
ouvi isso quando criança
foi um horror

>

Trago sequelas ainda hoje.
A professora branca
falava em um deus também branco e salvador
o tempo todo.
Que cafonice ainda crer
que um mundo de conforto e fartura
é direito
só da direita.
Te ajeita e olha para os lados
sai da bolha
sai do quadrado.
Onde 8
são duas bolas bolhas.
Viu?
Não seja cafona
vire à esquerda
ultrapasse o sinal
se arrisque.
Depois se delicie
em um travesseiro recheado pelas penas
da consciência tranquila.
Chega de cafonice.

Minha casa é modesta

Minha casa é simples e modesta
não sei receber convidados
fico buscando aqui e ali
um jeito para que tudo fique bem.
Possuo uma panela de ferro
onde cozinho batata-doce e repolho
com temperos que colho na horta à tardinha.
Quando recebo amigos, inclusive os imaginários
abro armários, principalmente os da memória
sei que ali moram as receitas especiais
os convidados salivam, esperam o resultado.
O bate-papo divide enquanto fomenta
quem aí gosta e quem não gosta de pimenta
orégano salsa cebola
deixo à vontade a escolha
satisfaço todos eles
é papel da anfitriã que recebe com carinho.
Arroz integral, uma taça de vinho
poesia nunca falta, som baixinho na vitrola.

>

Se aproxima a hora da degustação,
observo ao longe
deliciando-me por dentro
sentindo a receita preparada com o coração.
Minha casa é modesta, mas sabe fazer uma festa
simples e acolhedora
Cada amigo traz seu prato na mão
o momento se torna uma apetitosa e literária
Revolução.

Testamento

Nada tenho para deixar além de adubo
quem sabe um verso começado
abandonado nas reticências
antes do último suspiro.
Talvez alguém ousado um dia
escreva o mesmo em um muro.
No balançar das palavras
que brincam ao me visitar
penso em um verso humorado
para minha lápide enfeitar.
Terei lápide ou será em uma cova rasa
onde meu corpo irá descansar?
Nada tenho para deixar além de pele e osso
a gastura da vivência me sugou pelo pescoço
palavras foram alimentos que aqui me
sustentaram
água carne pão feijão há muito se desgastou
nada tenho para deixar, não existe testamento
apenas palavras vivas que são o meu alimento.
Sinto fome todo dia, sacio-me escutando
pois enquanto leio ouço o que estão me falando.
Como acumular riqueza em meio a tanta miséria
muitos morrem em covas rasas, outros aplaudem
em plateia
o mundo está faminto, sabemos, não é de pão.
O que falta de verdade é empatia e compreensão.

A função do poeta

Se existe o poeta
resistindo à fome
quero também existir
mesmo sem nome.

Escondida atrás do muro
ou em um porto seguro de lamentação
com um livro na mão
sugando, bebendo, mastigando palavras.

Já que poeta não sou
devoradora de versos que eu seja.

Ruas nuas, cruas

Estas tuas ruas
nuas e cruas
que sem limites rasgam o chão
embrenham-se mata adentro
causando alívio a quem passa.

Bisbilhota a água que hoje bem mais alta
do que a ponte
leva tudo adiante.
Sofás, cortinas e cães
geladeiras, fogões e gentes de toda idade.

A enchente enche o bucho de coisas.

Roupas estendidas,
o varal inteiro
vi se perder na correnteza,
uma mesa com patas tortas, uma escrivaninha,
uma vaca em cima da casa, um livro aberto que
é bíblia.
Jesus
também vi boiando em um crucifixo de
madeira.
Enchente, pobre gente!
A correnteza arrastou tudo.

Cores e dores

Adoro combinar flores e dores.
Amores que não deram certo,
colares, argolas,
miçangas, figas de Guiné,
penduricalhos, alhos,
ensinamentos centenários.

Jaquetas, casacos e blusas.

Adoro revirar o armário, doar os pedacinhos,
espalhar o pouco que sei,
e depois,
voltar para casa cansada,
com a mala cheia de vazios
enquanto peito e mente
carregados de tudo o que encontrei pelo
caminho.

Andar, andei.
Aprendiz sempre serei.

O ÚTERO DAS POETAS
SE ENCONTRA NA PONTA DOS DEDOS
CADA POEMA
É UM PARTO.

A namoradeira

Ainda espero tua resposta
firmada no silêncio.
Tola esperança,
igual vento leve
que existe, mas não se revela,
tola e bela espera.
Cabelo arrumado, unhas pintadas,
uma namoradeira na janela plantada.
Pacata e cega feito cômoda no quarto
guardando o porta-retratos adormecido
cansado de tanto esperar.

Letras

Letras
desnorteadas
dançando em folhas de papel
reciclado
reutilizado
poetizado
sim ou não rimado.

            Poemas, poesias
voando de mão em mão.
            Já que somos poucas
sejamos fortes
            fiéis mesmo se carentes
que tenhamos firmeza nas trilhas
            com palavras firmes e conscientes.

Sempre o tempo

Tempo
que foge pelas bordas
pelas mãos
pelas cordas.

Ruas bocas vestes nuas
que fogem
pelo pensamento nulo
que corrói
por fatos não concretos
pela falta de teto
por ideias sem ideais.

Tempo refeito
pela tinta da caneta
pela madrugada fria.

Tempo que esperto
se explana
transformando-se em Poesia!

Mães

Só elas têm acesso à chave mágica
Chamada parto
Praticam o ato
Sem nunca partir
Quando partem ficam em nós
Para sempre!

Mar

Sempre que vejo o mar
emudeço.
O tempo muda
a voz se espanta
o broto desponta.
Salta o boto
quase em São José do Norte
o rebento poema cresce
por dentro gritos profundos.
Esqueletos ossos lá no fundo
aparecem vidas soltas
escravizadas.
Corpos se jogam mar adentro
outra vez calam
o mar outra vez acolhe
a voz que foi calada se rompe.
E escreve!

Você faz poesia?

Oh, eu faço poesia!
– Não faz, poesia está pronta, você apenas organiza, deixando-a mais bonita.
Mistura, tempera, dá uma mexida
Versos, murmurinhos, palavrões
Não com certeza, só um palpite
A poesia te disse isso
enquanto você lê por várias vezes
pois precisa que o outro acredite
em tudo o que está escrito.
Olhe nos olhos de quem te ouve
convence descaradamente
provando o quanto é verdade
cada palavra que você mente
– Faço poesia
Não! É poesia que te faz, vivente!

São tantos os mundos

São tantos os mundos
De alguns perco contato por horas
Pura distração, como agora
Fico a catar mundos espalhados pelo chão do pátio!
Tempo, não faz assim
Para que tanta pressa
Espera por mim
Não entendo por que corres
Logo atrás vai meu relógio
Sou eu a lenta da vez?
Ou lento é meu tempo ecológico
Espera!

NOSSO AMOR DEU CERTO.
ACABOU NOS ÚLTIMOS MINUTOS DO
SEGUNDO TEMPO.
NÃO TEVE PRORROGAÇÃO!

Fome

A fome humana se mata com comida
Não é a fome que consome estômagos e ventres
é o vazio das mentes desumanas
que cega meia dúzia de seres
O que consome
é o consumir exagerado de não ideias
causando o entupimento de artérias pensantes
Vazio
Oco
A fome humana
se mata com comida
arroz, feijão, pão
marmita caprichada
O vazio
não morre por nada
tentativas em vão
Sua ociosidade traz um ímã
sugador de inteligência
e a ignorância aumenta
O opressor se alimenta de gritos
ofensas, negacionismo, fake news
e sangue dos inocentes.

Macho alfa

O macho expõe o mastro
Ereto ao máximo
É um deus poderoso
Sua arma abre portas
É bandeira aceita
Todos respeitam
Sua ordem é lei
Compra pessoas
Títulos
Diplomas
Terras
Resgata altas somas em “sins”
Parece não ter fim seu poder
Qualquer problema
Mostra o falo que cala
Porém
Um dia a casa cai
É a lei da gravidade!

DEITEI EM TI,
DORMI TEU SONO.
SONHEI PESADELOS.
AO ACORDAR,
POUSO FORÇADO COM TURBULÊNCIAS!

Sente falta de algo

Algo lhe sobra entre os dedos
Sobram minutos
Tempo de sobra
Algo lhe falta
Busca, procura
Nada encontra
Mão perfumada
Entre os dedos, só vazio
Vazio cheio de vida
Algo lhe falta
Pura ilusão
Nada lhe falta, vida lhe sobra
Sem o veneno entre os dedos!

(abandonando o hábito de fumar, em 2023)

Má intenção

Nunca foi minha intenção
entrar em tua mente
ali plantar sementes
provocar em ti
insônia.
Não me chame de demônia
se aconteceu foi sem querer.
Ontem rabisquei um poema
no finalzinho te chamei de anjo
por dormires comigo
mesmo estando distante e muito distante.
Se plantei meu nome aí
não foi minha intenção.
Se te plantei aqui
foi paixão.

Admita, anjo meu
Demônia só se conserva
Se dermos a devida atenção.

Poetas não levam desaforo para casa

Poetas
Chamam de liberdade não levar desaforo para casa
Contam com as gavetas repletas de poemas
Em seus sofás têm poemas
Na cama, colchas, travesseiros, canteiros, bolsas, moedas,
xícaras, panelas...

Dizem que existem poemas em suas almas benditas
A alma das poetas não aceita desaforos
Respondem calmamente que NÃO!

Batem no peito as poetas, gesticulam, argumentam
Poetas, poetas
Mulheres, mulheres
Indígenas, pretas, brancas, simplesmente Poetas
Seus sorrisos seduzem por onde passam
Há quem veja poemas na ponta de seus dedos
Dizem que lhes saltam aos olhos versos prontos
Não vi, porém, não descreio
Poetas não levam dúvidas para casa, resolvem ali mesmo,
taco a taco.

>

Conquistam espaços mutuamente, "minuta mente"
Suas pupilas brilham na inventividade do novo que
avança
Alguns não veem, destes tenho dó
Pois é de doer a alma não prestar atenção na poesia
nossa de sempre
Todo dia, toda hora nascem poetas que não aceitam
levar desaforos para casa.

Pelas ruas da cidade

Ando cansada
Arrasto os pés em restos de obra
Ônibus lotados
E como se não bastasse
Mais um caso "isolado"
Racismo escancarado.
Soldados trabalhadores à paisana desarmados
Batalham pelo pão de todo dia
Todo dia.
Ando cansada de ver as injustiças
O soldado fardado e armado
Seleciona culpado por cor de pele.

Onde, afinal, está o racismo?
Quando, afinal, não há racismo?
Mais um preto algemado
Na cela da viatura.

Preto, desarmado, machucado
Marca de navalha no pescoço
Absolutamente "culpado".

>

SE GRITAR É DESACATO, CALADO!

Alvos somos nós, já disse alguém em versos
Alva é a pele de quem por direito tem liberdade.

– Apedrejou?
Me defendi.
– Apedrejou?
Apedrejei para me defender.
Sentença: culpado.

Fica uma pergunta que não quer calar:
– Quando iremos virar essa página em branco?

Ociosidade

Há dias em que acordo oca
Ouço eco
no latido do cão
no miado do gato
no canto do sabiá

Do lado esquerdo da cama
descansa um travesseiro
ecoando saudades
de um tempo que nunca houve

Há dias que acontecem
como duplicatas
Parece um ontem que surge
sem nunca ter sido hoje

Julieta Hernandez, presente!

Por tantas que são forçadas a nos deixar
Por tantos pedaços nossos que levam sem querermos
Por todas as vezes em que perdemos o chão, a voz e as mãos
Restando apenas um poema raso como consolo

– Não sei, não posso dizer
quando dei por mim
estava morta.
Nada havia em minha volta
não sabia que morrer era isso.
Tanta violência, o silenciar em gritos
essas tantas unhas, dedos, medos.
Não posso mais alegrar vidas
da vida não faço parte.
Não sei definir a morte
cheguei sem hora marcada.
Morri de morte matada.
Silenciaram-me.

Edição e design gráfico
Clô Barcellos

Foto de capa
Designi

Foto da autora
Feijão/Studio Feijão e Lentilha

Revisão
Célio Lamb Klein

Impressão
Pallotti, Santa Maria, RS

Dados Internacionais de Publicação na Catalogação
Daiane Schramm CRB-10/1881

F224p   Farias, Fátima
Palavras são mudas. / Fátima Farias. – Porto Alegre:
Libretos, 2024. 1a reimp.,2025.
72p.; 12x17cm (Libretos Poche)
ISBN 978-65-86264-82-1
1. Literatura brasileira - Poesia. 3. I. Título. II. Série.
CDD B869.91
CDU82-1

Catálogo sistemático
Literatura-poesia: CDD B869.91

Contatos da autora:
@fatima_regina_fatima_farias
@Fátima Regina Farias
fatimareginafarias2011@hotmail.com

Fátima Farias

Palavras
são mudas

Poche
Libretos
LIVROS DE BOLSO

Livro composto em Minion Pro e Broadband com 72 páginas, impresso sobre papael ivory 65 gramas, pela gráfica Pallotti de Santa Maria, RS em abril de 2025.

Rua Peri Machado, 222, Bloco B, 707.
CEP 9013-130, Porto Alegre, RS, Brasil.

libretos@libretos.com.br
@libretoseditora